DANSURI SUBTILE

DANSURI SUBTILE

POEME de IUBIRE

I

DANIELA TOPÎRCEAN

DANSURI SUBTILE
POEME de IUBIRE I

Traducere și editare: Manuela Timofte
Coperta: Manuela Timofte
Prefață: Valeriu Marius Ciungan
Imagine copertă: https://www.pexels.com

Cuprins

Prefață

Poemele Danielei crează un univers propriu diafan, luminos, plin de cântece în surdină, armonie, rugăciune, inefabil, pace, toate impregnate de o iubire tăcută, ca sursă de energie latentă şi de justificare a existenţei acestui intim refugiu.

Iubirea e Creatorul, iar Creatorul dăruieşte iubire şi o răsfrânge în "secunde luminoase","simfonii albastre" şi în "dulci insomnii". Inclusiv autoarea este parte a acestei creaţii în poemul "Vas de lut": "mă modelezi tăcut/ mă îmbraci cu lumină/ mă încălzeşti în cuptorul/inimii Tale "

Cuplul prezent în mai toate poemele este unul abstract, ideatic, contopirea fiind mai mult una confesivă ca modalitate de redescoperire şi regăsire a sinelui prin iubire: "Rătăceau în mine/ despletite/ neliniştile Isoldei/ inocenţa Julietei/ înflorea-n privirea mea…/ ca o maree/ neliniştea primei iubiri/ îmi inunda/ ţărmul inimii/ sfidându-mi/ imponderabilitatea, aripile străvezii…/în mine rătăceau/ corăbii pierdute,/ fantome diafane,/ despletite,/ atrase printr-o tăcută rezonanţă…-poemul Rezonanţa.

Poemele sunt construite în oglindă "Ai apărut in acelaş anotimp auriu/ pierdut într-un vis de demult/ să sprijini oglinda tăcerilor tale/ zugrăvite-n albastru cuvânt, de tâmpla mea transparentă…- Oglinda, ceea ce amplifică trăirile, poeta încercând să desluşască şi să asume sentimentele iubitului până la contopire - "Lângă tine""Lasă-mi sufletul / lângă tine…/ lasă-mă să vin / mai aproape/ din lumea de ţărână / aripile să-mi scape…/ Învăluie-mă cu liniştea/ cu mantia ta / cu stelele si luna,/ uşor/ încercuieşte-mi/ cu iubirea/ oasele bolnave de dor/ să nu mai ştiu/ care eşti tu/ şi care sunt eu,/ să simt cum soarele/-arcuieşte lumina/ pe degetul meu…"

Unele poeme sunt atinse de o lamentaţie discretă, subterană, de un uşor abandon, de o vocaţie dulce - tragică a predestinării şi împăcării cu sine, poemul "Rugăciune": Spune-mi/ că nimic/ nu mai e de făcut/ spune-mi/ că tot ceea ce trebuie să fiu/ sunt." nevoia unei confirmări explicite fiind de fapt forma de răsvrătire prin vers împotriva acestora.

Cuplul este unul ideal în universul creat dar incert şi paradoxal la contactul cu lumea simplă, reală: "spune-mi…/ ajunge la tine/ această ardere în plină iarnă? "- Spune-mi, "te-am îmbrăţişat…/ pentru o clipă/ ai facut parte/ din mine însumi/ ai aflat/ că exist/ ţi-am reamintit că-mi aparţii " (Curcubeul). Există şi o justificată infatuare a Creatorului cu o tendinţă vanitos-acaparatoare:" iubirea mea este totul/ de la firul de iarbă / la fulger /

de la piatra pe care calci grăbit / la aripa unui înger…"- Definiţie, chiar şi în anticiparea trăirilor iubitului :"iti simt tristeţea planând în mine/ ca o frunză purtată de vânt/ sau poate-i doar toamna/ ce răsare dureros în cuvânt…" (Tristeţe).

Poemele Danielei sunt tot atâtea ferestre deschise cu linişte şi religiozitate spre universul pur şi nostalgic al iubirii.Cei ce mai credem în asta, printre care mă pun şi eu la socoteală, avem argumente în poemele ei că nu locuim un spaţiu părăsit, abandonat de sentimente, că poezia poate fi o frumoasă expresie a iubirii… poate cea mai frumoasă!

Cântec pierdut:

"De ce vrei să plâng/ eu sunt cântecul/ sunt oda bucuriei tale/ tu m-ai compus,/cântă-mă …/ De ce vrei să însetez,/ eu sunt izvorul tău/ sunt apa ta,/ soarbe-mă…/ De ce mă laşi goală /eu sunt vasul tău/ tu m-ai modelat / umple-mă…/ De ce vrei/ să flămânzesc,/ eu sunt pâinea ta,/ nu mă depărta/ de buzele tale…/ Iubire,/ mă binecuvântezi,/ sau mă pedepseşti/ cu dulcea suferinţă/ a flăcărilor Tale?"

Valeriu Marius Ciungan -membru USR
***

Preface

Daniela's poems create their own diaphanous, bright universe, full of muted songs, harmony, prayer, ineffable, peace, all impregnated by a silent love, as a source of latent energy and justification of the existence of this intimate refuge.

Love is the Creator, and the Creator gives love and reflects it in "bright seconds", "blue symphonies", and in "sweet insomnia". Even the author is part of this creation in the poem "Clay pot": "you shape me silently/ you dress me with light/ you warm me in your oven/ your heart."

The couple present in most of the poems is an abstract, ideational one, the fusion is more of a confessional one as a way of rediscovering and rediscovering the self through love: "a tide/ the anxiety of first love/ it fled/ the shore of my heart/ defying/ my weightlessness, bright wings…/ in me wandered/ lost ships,/ diaphanous ghosts,/ dishevelled,/ attracted by a silent resonance… (Resonance).

Poems are built in the mirror "You appeared in the same golden season/ lost in a dream long ago/ to support the mirror of your silences/ painted in blue word, by my transparent temple… - The mirror, which amplifies the feelings, the poet trying to discern and to assume the feelings of the lover until the fusion - "Next to you" "Leave my soul/ next to you…/ let me come/ closer/ from the world of dust/ let my wings escape…/ Wrap me in peace/ with your cloak/ with the stars, with the moon,/ slightly/ surround me/ diseased bones/of longing/ with love/ not to know/ who you are/ and who I am,/ to feel how the sun/arches the light/ on your finger my…"

Some poems are touched by a discreet, subterranean lament, by a slight abandonment, by a sweet-tragic vocation of predestination and reconciliation with oneself, the poem "Prayer": Tell me/ that nothing/ is left to be done/tell me/ that all I have to be/ I am." The need for explicit confirmation being, in fact, the form of rebellion by verse against them.

The couple is an ideal one in the created universe but uncertain and paradoxical in contact with the simple, real-world: "tell me…/ get to you / this burning in the middle of winter?"- Tell me, I hugged you…/ for a moment/ you were part / of myself/ you found out / that I exist/ I reminded you that you belong to me"(Rainbow). There is also a justified infatuation of the Creator with a vain-grabbing tendency: "my love is everything/ from the blade of grass/ to the lightning/ from the stone on which you are hurriedly treading/ to the wing of an angel…" - Definition, even in anticipation to the feelings of the lover: "I feel your sadness hovering in me/ like a leaf carried by the wind/ or maybe it's just autumn/ that rises painfully in the word…" (Sadness).

Daniela's poems are just as many windows open with peace and religiosity to the pure and nostalgic universe of love. Those who still believe in this, including myself, have arguments in her poems that we do not live in an abandoned space, abandoned by feelings, that poetry can be a beautiful expression of love, and perhaps the most beautiful!

Lost song:

"Why do you want me to cry/ I am the song/ I am the ode to your joy/ you composed me,/ you sing me…/ Why do you want me to be thirsty,/ I am your spring/ I am your water,/ - drink me …/ Why are you leaving me empty/ I am your vessel/ you shaped me/ -fill me up…/ Why do you want me/ to starve,/ I am your bread,/ do not take me away/ from your lips…/ Love,/ do you bless me,/ or do you punish me/ with the sweet suffering/ of Your flames?

Valeriu Marius Ciungan - member USR
***

Cuvântul Autorului

De cele mai multe ori iubirea ne surprinde, iubirea apare pe neaşteptate în viaţa noastră ca un cântec al fiinţei interioare, ca o flacără, simbolul vieţii însăşi…

Undeva, cândva, aflat în frământările tulburătoare ale iubirii, un suflet omenesc s-a întrebat dacă este vreo diferenţă între iubirea divină şi cea umană şi a descoperit că iubirea divină îmbrăţişează toate celelalte forme de iubire, iar celelalte forme de iubire sunt în esenţa lor o formă de dor mistuitor după Divinitatea care se ascunde în mod tainic în tot ce ne înconjoară.

Iubirea adevărată ne provoaca să ne naştem ca fiinţe divine renunţând la ego-ul nostru limitat. Ea este izvorul tainic din care sufletul nostru se inspiră, primeşte energie, făcând posibilă creaţia - divina expresie a sinelui divin lăuntric aflat în legătură cu energiile cosmice ale luminii. In iubire, nu există "a pierde". Cine iubeşte află că timpul şi spaţiul nu există, toate limitele dispar, imposibilul devine posibil. Fiinţa care a ridicat în sufletul său un altar închinat iubirii rămâne vie in eternitate. Iubirea este energia care te transformă într-o piatră preţioasă. Este procesul prin care cărbunele devine diamant, prin care firul de nisip devine perlă în frământarea intimă a scoicii. Iubirea te face mai frumos, mai luminos, mai bun, mai puternic.

Cine urmează drumul iubirii lăsând la o parte dorinţele propriului ego renaşte ca pasărea Phoenix din propria cenuşă. Cel ce iubeşte este cel ce dansează dansul, cel care cântă cântecul, cel ce se avântă în valuri, cel ce are curajul să trăiască nebunia şi frumuseţea mării dezlănţuite, cel care renunţă cu adevărat la propriile temeri şi dorinţe abandonându-se pe sine, binecuvântând fiecare pas al vieţii.

Acel suflet are posibilitatea ca în tainița inimii, să găsească
mângâierea sublimă a iubirii, mângâierea sublimă a luminii..
Daniela
***

***

Author's Word

Most of the time, love surprises us and appears suddenly in our life as a song of the inner being, like a flame, the symbol of life itself.

Somewhere, once, in the disturbing turmoil of love, a human soul wondered if there was any difference between divine and human love. It found that divine love embraces all other forms of love and all those are in essence a form of love, wounding longing for the Divinity which secretly hides both in the human and in everything around us.

True love challenges us to be born as divine beings by giving up our limited ego. That is the mysterious source from which our soul inspires, receives energy, and makes creation possible - the Divine expression of the inner divine self, connected with the cosmic light energy. In love, there is no "losing". Whoever loves will find out that time and space do not exist, that all limits disappear and the impossible becomes possible. The being who builds an altar dedicated to love in his heart remains alive for eternity. Love is the energy that turns you into a gemstone. It is the process by which coal becomes a diamond, by which the thread of sand becomes a pearl in the cherished turmoil of the shell. Love makes you better, righter, more powerful, and more beautiful.

The one who follows the path of love, leaving aside desires of his ego, is reborn like the Phoenix bird from its ashes. The one who loves is the one who dances the dance, who sings the song, the one who soars in the waves, who dares to live the madness and beauty of the raging sea, the one who truly gives up his fears and desires abandoning himself and blessing every step of life. That soul can find the sublime comfort of love and light in the mystery of the heart.

Daniela

***

Motto:

"Nu simţi eternul acum,
nu simţi iubirea
fără limite, fără timp,
nu auzi bătând
inima eternităţii
Suflete al meu?"
Inima Eternităţii

***

"Do you not feel the eternal now,
you don't feel love
without limits, without time?
Do you not hear the knock
of eternity heart,
my soul?"
The Heart of Eternity

Spirale Celeste

***

Celestial Spirals

Fire de iarbă

Culegeam
firele de iarbă,
trifoiul în patru foi,
florile albe
risipite
în dulcea insomnie
a dragostei,
a ierburilor
fără de leac. …

nesfârşite,
fragede ierburi, albe flori
răsăreau pe gleznele mele. …
te grăbeai
c-o ceaşcă cu ceai fierbinte,
să m-ajuţi să mă vindec
de-această albastră simfonie,
ca de-un guturai
de toamnă târzie!

Daniela Topîrcean

Blades of Grass

I was picking
blades of grass,
four-leaf clover,
white flowers
scattered
in sweet insomnia
of love,
of herbs
without a cure. …

Endless
tender herbs, white flowers
were rising on my ankles. ...
you were in a hurry
with a cup of hot tea,
to help me heal
of this blue symphony,
like a cold
in late autumn!

Sunt

Sunt în adierea vântului
din pletele tale rebele
şi din inima ta
neliniştită. …

Sunt adierea vântului
din inima ta
îţi desfac încleştările,
le mângâi, le risipesc
te recreez
ca pe-un puzzle tăcut,
nefăcut, nenăscut. …

Sunt sunetul tăcerii
din fiinţa ta,
-eu sunt minunatul sunet
imperceptibil,
imponderabil,
al iubirii.

I Am

I am in the wind breeze
from your rebellious locks
and from
your
restless heart. ...

I' am the wind breeze
from your heart.
I untie your claws,
I comfort them I scatter them
I recreate you
like a silent puzzle,
unmade, unborn. …

I am the sound of silence
from your being
-I am the beautiful
imperceptible
imponderable sound,
of love. …

Petale

Cuvintele nerostite
îmi infloreau în piept
asemeni petalelor diafane
de lotus ce se deschid încet.

Se deschideau cuvintele
unele langă altele
la nesfârşit
şi fiecare era
un miracol nerostit. …

Mi-era plin sufletul
-simţeam că mă doare-
eram o floare de lotus
cu infinite petale.

Petals

Unspoken words
were blooming in my chest
like translucent petals of the lotus
opening slowly,

the words open
next to each other
endlessly
and each is
an unspoken miracle. …

My soul was full
- I felt it hurt-
I was a lotus flower
with infinite petals.

Rugăciune

Spune-mi
că nimic
nu mai e
de făcut,
spune-mi
că tot
ceea ce
trebuie
sa fiu,

-Sunt. ...

spune-mi
că nu
mai sunt
graniţe
de trecut,
spune-mi
că tot
ceea ce
trebuie
să fiu,

-Sunt.

Prayer

Tell me
there is nothing
to be done,
tell me
that all
I must
be
- I am. …

Tell me
there are
no more burdens
to pass,
tell me
that all
I
must
be,

-I am.

Poem anonim

Sunt un poem anonim, un izvor cu apă dulce,
din care păstorii îşi adapă turmele'nsetate…
un trandafir sălbatic pe care
iubirea a revărsat
boabe de rouă' nstelate.
Sunt o ipoteză, un semn de-ntrebare…
o pasăre-n zbor cu albă menire
în inima căreia, un înger bălai
a scris un poem de iubire,
iar ea a zburat încrezătoare
cântând iubirea din zare în zare …
Sunt o vocală total necunoscută
în clepsidra timpului,
o auroră boreală trecătoare,
radiografia secundei de iubire
ce mă înalţă mereu
spre lumină, spre soare! …

Unnamed Poem

I am an unnamed poem, a source of sweet water
from which the shepherds water their thirsty flocks. …
a wild rose on which love
has poured
starry dew seeds.

I am a hypothesis, a question mark,
a bird in flight with a white destiny
in the heart of which a fair angel
wrote a love poem
and she flew confidently
singing love from horizon to horizon. …

I am a completely unknown vowel
in the hourglass of time,
a passing northern light,
the x-ray of the second of love
that always elevates me
to the light, to the sun! …

Vas de lut

Sunt vasul Tău,
inima mea îţi aparţine.
Eşti olarul,
minunatul maestru
al inimii mele.
mă modelezi tăcut,
mă îmbraci cu lumină,
mă încălzeşti
în cuptorul
inimii Tale
şi al inimii mele.
cu faţa Ta divină
mă luminezi,
mă impregnezi
cu iubirea,
cu lumina Ta…

Mă impregnezi
şi mă semnezi
ca pe-o operă de artă,
ca niciodată
să nu uit că-Ţi aparţin.

Clay Pot

I am Your vessel
my heart belongs to you.
You are the potter
the wonderful master
of my heart
you shape me silently,
you dress me with light,
you're warming me up
in the oven
of your heart
and of my heart.
With Your divine face
you enlighten me
you impregnate me
with your love
with your light. …

You impregnate me
and you sign me
like a work of art
as ever
I will not forget that I belong to you.

Invitaţie la cină

Intuiam ceva suspect plutind
în aerul ceţos al serii,
în imaginea nonşalantă
pe care-o afişai subtil, romantic,
prin fereastra iubirii ce-o lăsasem deschisă...
Eram obosită - mă lăsasem pradă
ispitei dansului...
pradă gândurilor, mâinilor tale, buzelor tale...
pradă năvodului
în care mă înfăşurai într-o clipită,
intenţionat, doar să mă conving
că eşti tu acela, doar să-ţi văd
mai bine ,"faţa" în lumina
apusului de soare
în timp ce m-aşteptam
s-apară pe faţa ta un zâmbet
şi să mă-ntrebi puţin distrat
- cum este cu iubirea - te mai doare?
Dar nu aşa a fost să fie -
eram doar un portativ muzical,
o filă creponată de hârtie!…

Dinner Invitation

I sensed something suspicious floating
in the misty evening air,
in the cool image
which you were displaying subtly, romantically,
through the window of love, I had left open. ...
I was tired — I had fallen prey
the temptation to dance. ...
prey to your thoughts, your hands, your lips. ...
prey to the net
in which you wrapped me in an instant,
intentionally, only to convince me
that it is you, only to see
better "your face " in the sunset
light
while I was expecting
a smile to appear on your face
and to ask me a little amused
- what about love - does it still hurt?
But it was not like that -
I was just a musical stave,
crepe sheet of paper!…

Ars Poetica

Sunt un creion neînţeles
şi poate c-un destin comun.
Sunt un creion tocit de-atâta scris
iar mâna-mi este moale, de grafit…

Am creionat trăirile iubirii
ce mi-a ieşit neaşteptat în cale
doar cu respect şi plecăciune.
Pentru darul ei divin,
sublim, curat
am aşezat
în adâncimi de suflet alb
petale unui nufăr dalb…

Cum ar putea să spună cineva
ce frumuseţi,
ce suferinţi în taină
am alchimizat,
de mi-a fost greu
de-a fost uşor
de sunt grafit sau diamant ?
– Doar mâna divină a Celui PreaÎnalt
ce zi şi noapte
m-a sprijinit şi m-a vegheat ! …

Sunt un creion
ce-am împărţit în jur iubire
şi binecuvântări nepreţuite,

iar dacă versul
mi-ar cădea în foc,
mi-aş arde mâinile
afară să îl scot,
căci e lumina diamantului
ce zace neştiut în mine! …

Ars Poetica

I am a misunderstood pencil
and maybe with a common destiny.
I am a pencil dulled by so much writing,
and my hand is soft, of graphite.

I have pencilled my love feelings which
came out unexpectedly on my path with
respect and reverence for her divine
a sublime, pure gift.
I placed petals of a white water lily
in the depths of the white soul.

How could anyone say
what beauties, what sufferings in secret
I alchemized,
that it was difficult
or easy
that I am graphite or diamond?
- Only the divine hand of the Most Highly
who supported me day
and night and watched over me!

I'm a pencil,
that I shared love and priceless blessings
around me
and if the verse would fall in the fire
I would burn my hands out

to take it out

for it is the light of the diamond

what lies unknown in me!

Trubadurul

Îţi auzisem cântecul viorii fermecate
când mă rugam
îngenuncheată-n faţa unui
Christ de piatră.
- să fie oda bucuriei cântată
de-un trist artist ce încă mai visa
la vinul din ulciorul fără toartă şi puţin crăpat,
turnat în noaptea de după masterat,
de-o dulce chelneriţă ?

Un cântec divin cântai tu, trist artist,
când m-am apropiat şi eu să-ţi dau un ban
şi-o vorbă bună să îţi spun,
în drumu-mi matinal.

Când m-ai privit, o rază din ochiu-ţi luminos,
halucinant m-a învelit în viaţă,
iar când de mâna-mi ce-ţi dăduse leul
m-ai prins cu un sărut
şi mă ţineai să nu mai plec -
mi-ai recitat cu glas şoptit
şi în secret, poemul.

Troubadour

I heard your enchanted violin song
when I was praying
kneeling in front of a
Christ of stone. ...
- to be the sung ode of joy
by a sad artist who is still dreaming
to the wine in the pitcher without a handle and slightly cracked,
poured by a sweet waitress
in the night after the master.

You, sad artist, sang a divine song,
when I approached to give you some money and
a better word to tell you,
in my morning way.

When you looked at me, a ray of your bright eye
hallucinatory enveloped me in life
and when from my hand what the money had given you
You caught me with a kiss
and kept me from leaving -
you recited me the poem
in a whispered
and secretly voice.

Tibetană

Gândurile mele se înălțau spre cer,
fremătau la cea mai mică
adiere a conștiinței - lumânări aprinse,
panglici eterice, nevăzute.
Stâncile dintre noi
erau reci, abrupte.

Gândurile mele unduiau
suspendate de cer
cu raze luminoase, nevăzute,
ca rugăciunile călugărilor tibetani
pe vârfuri înalte de munte. …

Tibetan

My thoughts were soaring to the sky,
trembling at the slightest
breath of consciousness - lighted candles,
ethereal unseen ribbons. ...
the rocks between us
were cold, abrupt. …

My thoughts were waving
suspended from the sky
with light, unseen rays,
like the prayers of Tibetan monks
on high mountain peaks. …

Dimineaţă

Din nou e dimineaţă şi parcă-i Februarie iar.
Zâmbesc, pe drum îmi amintesc de tine
şi-aştept vioara să-ţi ascult la colţul străzii în zadar.
De vei mai fi trăind pe undeva, te-aş invita la o cafea.
Mă-ntreb, pe unde mai cutreieri lumea
cu-acea vioară învechită, lustruită,
cu traista cu bagaje şi poeme scrise în engleză
cu inima-ţi înflăcărată, tânără, boemă?

Mă-ntreb dacă ţi-ai uns arcuşul proaspăt cu sacâz,
de noaptea este zi sau ziua este noapte,
de briciul îţi este la fel de ascutit,
şi bărbierindu-te compui poeme ezoterice,
la colţul prăfuit de stradă
să poţi din nou culege zâmbete
şi flori de colţ himerice…

Mă-ntreb, pe unde umbli - ţi-aş da o cafea
-de vei mai fi trăind pe undeva!

Morning

It's morning again, and it's like February again
- I smile. I remember you on my way,
and I'm waiting to listen to your violin on the street corner in vain
-if you are still living somewhere, I would invite you to a coffee.
I am wondering, where do you still travel the world
with that old, polished violin,
with luggage bag and English poems written
with your fiery, young, bohemian heart?

I am wondering if you anointed your bow with sackcloth,
if the night is day or day is night,
if your razor is just as sharp,
and shaving you compose esoteric poems,
on the dusty corner of the street
to be able to pick up smiles
and chimeric Edelweisses again.

I am wondering where you're going - I'd give you a coffee
-if you will still be living somewhere!

Visasem

Visasem că scriu poezie.
auzeam stele vibrând
simfonii celeste în spații imense,
solitare...
îmi înfloriseră flori albe de crin
pe rochia lungă înverzită
de ierburi amare.

Visasem că scriu poezie.
Culegeam din spațiu corole de petale,
neprețuite unde
răscolite
de vântul răcoros al serii,
de-un dor venit de pretutindenea
și de niciunde.

I Had Dreamed

I had dreamed of writing poetry.
I could hear the stars vibrating
celestial symphonies in huge,
solitary spaces.
White lily flowers had blossomed
on the long green dress
of bitter herbs.

I had dreamed of writing poetry.
I was collecting petal corollas from space,
priceless
ransacked waves
by the chill evening wind,
of a longing that came from everywhere
and out of nowhere.

False Identități

- Voi, cei care ați ales să vă jucați
cu destinele oamenilor
doar pentru puterea
de a controla vieți
și a vă atinge scopul ...

- Voi, cei care vă jucați
cu viața și cu moartea,
asumându-vă false identități
sub masca iubirii,
și onorabilității
pe care o afișați
cu nonsalanță...

Voi, cei care numărați zilnic morții, răniții
și pe cei înfricoșați
de tacticile înscrise în jocul vostru perfid
bucurându-vă
că toate se întâmplă
conform ordinii voastre de zi...

- Aceasta este pentru voi,
voi cei care vă credeți
conducătorii ai destinelor umanității:
- planul malefic pe care-l puneți la cale
va fi SPULBERAT !
Lucrurile se vor întâmpla altfel
decât vă doriți,

acțiunile voastre
sunt un afront
adus Sacralității Vieții !

CURÂND veți fi chemați
în fața Justiției
să dați răspuns
pentru viețile pierdute
și haosul creat
din cauza setei voastre
de dominare și putere,
Amin !

Fake Identities

"You who have chosen to play."
with people's destinies
just for power
to control lives
and achieve your goal.

"You who play."
with life and death,
assuming fake identities
under the guise of love,
and honorability
which you display
nonchalantly.

You who daily count the dead, the wounded
and the frightened
of the tactics inscribed in your treacherous game
enjoying
that it all happens
according to your plan.

- This is for you,
you who believe yourselves
leaders of the destinies of humanity:
- the evil plan you are plotting

will be SPREAD!

Things will be different
then you want.
Your actions
are an injustice
brought to the Sacredness of Life!

You will be soon called
before Justice
to give an answer
for lost lives
and the chaos created
because of your thirst
of domination and power,
Amen!

Poveste din Lumea Florilor

Eol, coborât din Olimp
trece în zbor
planând deasupra florilor
de trandafir
trezindu-le din vise
cu îmbrățișări amăgitoare,
de zeu trimfător.

Frunze, petale putesc în aer
căzând în iarba-nrourată
rânduri, rânduri,
iar roza' nmiresmată
șoptește delicat,
oare a fost un lucru înțelept
să stau fragilă-n fața ta,
acum că stau pe gânduri,
să-mi răscolești
petalele-n însângerate
rânduri ...?

Cu trecerea-ți tulburătoare
prin preajma mea,
s-au risipit în vânt petalele

în roua dimineții,
în frumusețea zilei.
Și-acum,
în pragul înserării,

rămas-am prezentă-n faţa ta
doar cu parfumul petalelor pierdute
şi cu spinii.

A Story From the World of Flowers

Aeolus descended from Olympus
flies
hovering over the flowers
of rose
waking them from dreams
with deceptive hugs,
of the triumphant god.

Leaves, petals, stink in the air
falling into the cloudy grass
rows, rows
and the fragrant rose
whisper.
was it a wise thing
to be fragile in front of you,
now that I'm thinking,
that you are stirring
my blooded petals
lines ...?

with your disturbing walk
around me
the petals scattered in the wind
in the morning dew,
in the beauty of the day,
and now,

on the eve of dusk

I remain present in front of you
only with the scent of lost petals
and with the thorns.

Autoportret

Priveşte-mă...

Tristeţea m-a înveşmântat
într-o noapte fără de stele.
umbrele înserării au poposit
între gingaşe contururi
şi-mi este teamă
că vântul îmi va smulge
notele de pe portativ,
simfoniile din inimă
şi culorile, de pe şevalet.

Ovalul chipului meu
e neschimbat, iar pletele au crescut
asemeni ierburilor răsfirate de vânt
pe întinderea câmpiei,
însă gravitaţia s-a mărit
şi-mi este greu să zbor
peste golul născut
în mine însumi
...
Îmbrăţişază-mă
în noaptea aceasta,
ţine-mă strâns
...
acoperă-mă cu Fiinţa Ta luminoasă,
Suflet al meu,
păstrează-mă lângă Tine

şi plângi, plângi, împreună cu mine
până când ne va cuprinde
pe-amândoi
botezul focului divin
şi-apoi,
apoi, strecoară-mă printr-o
lacrimă incandescentă
de Lumină şi naşte-mă
Phoenix
din focul Divin
al cenuşii mele !...

Self-portrait

Watch me. ...

Sadness clothed me
in a starless night,
the shadows of dusk stopped
between delicate contours
and I'm scared
that the wind will snatch
notes on the stave,
the symphonies from the heart
and the colours on the easel.

The oval of my face
it's unchanged, and the locks have grown
like wind-blown grasses
on the expanse of the plain,
but gravity increased
and it's hard for me to fly
over the born void
in myself.

Embrace me,
tonight
hold me tight.

Cover me with Your luminous Being,

My Soul,

keep me with you
and you cry, you cry, with me
until the baptism of divine fire
embraces
both of us.

And then,
then slip me through
an incandescent tear
of Light and give birth to me
As Phoenix
from the Divine fire
of my ashes! ...

Puf de Păpădie

Aşteptam cu nerăbdare fiecare primăvară
în care-mi îmbrăcam rochiţa roz-liliachie,
aşteptam primele raze de soare
ce presărau pe câmpie
o mulţime de sori mici, pufoşi,
frumoşi ca soarele - din flori de păpădie.

Eram atât de-ndrăgostită de galbenul
plin de polen încât de-aş fi putut
aş fi cules tot câmpul, l-aş fi luat cu mine
în şorţuleţul rochiţei roz de primavară
sau poate-n sufletul meu de copil
purtând fumuseţea florilor
ca pe-o podoabă solară.

S-a dus copilăria cu jocuri şi cu zâmbete
în strălucirea zilelor de primavară,
noian de bucurie
strângând în Suflet şi în gând,
ca puful alb de păpădie,
s-a-ndepărtat asemeni unui vis uşor
purtat de vânt…

Dandelion Down

I was waiting impatiently for every spring
in which I wore my pink-lilac dress,
I was waiting for the first rays of sunshine
which were sprinkling on the plain
lots of small, fluffy suns,
beautiful as the sun - from dandelion flowers.

I was so in love with the yellow
full of pollen than if I could
I have picked up the whole field. I would have taken it with me
in the apron of the pink spring dress
or maybe in my childish soul
carrying the beauty of the flowers
like a solar ornament

The childhood days with games and smiles are gone
in the brightness of spring days,
the ocean of joy
gathering in the Soul and the mind,
like white dandelion down,
it walked away like a simple dream
carried by the wind...

Poveste din Lumea Zânelor

Să știi...
- mi-ai spus odată -
atunci când vor străluci,
pe boltă toate stelele cerului
(împreună cu cele căzute în dizgrație)
vor prinde viață lumile fantastice -
elfii jucăuși vor face tumbe
iar zânele,
chicotind ușor,
se vor ascunde
după bolta curcubeului
în culori translucide
sau, în labirintul apusurilor de soare
printre ghirlandele parfumate
de trandafiri purpurii
desenați de îmbujorarea norilor,
cu speranța că elfii
le vor găsi și vor reuși
să supraviețuiască
năzbâtiilor din nopțile cu lună plină,
răniți de dragoste de viață, de lacrimile de rouă
revărsate din ochii iubitori ai cerului,
în simfonia cristalină
a zorilor de zi.

Fairy Tale

To know,
- you once told me -
when all the stars in the sky
will shine on the vault
(along with those who have fallen into disgrace)
fantastic worlds will come to life -
playful elves will tumble
and the fairies,
giggling slightly,
will hide
after the rainbow vault
in translucent colours,
or in the maze of sunsets
among the fragrant garlands
of purple roses
drawn by the blushing of the clouds
hoping the elves
will find them and succeed
to survive
mischief on full moon nights,
wounded by the love of life, by the tears of dew
poured out of the loving eyes of heaven
in the crystalline symphony
of the dawn.

Aripi de Înger

Sunt briza care alunecă zâmbind
pe stropii de rouă ce scaldă
petalele trandafirilor,
foşneşte jucăuşă printre bujori albi,
şi sălbatice flori de câmp.
Mi-am despletit pletele în adierea
ce răzbate prin frunzişul castanului,
în frunzele ce freamătă a iubire.
Mângâieri eterice nesfârşite,
într-un labirint vegetal verde crud
care-mi aminteşte de sărutul nostru,
de mâinile tale albe, prelungi,
zăbovind pe clapele pianului.
Note muzicale, sunete de înaltă frecvenţă
vocalele "o",
"i" - ul magic de Iubire,
deschizând un portal
spre toate galaxiile,
iar fluturi luminoşi
mă poartă spre poemele nerostite,
ale inimii mele.

Dansez pe alei în parfumul teilor înfloriţi
care presară petale
peste desenele de cretă ale copiilor,
inocente aripi de înger.

Angel Wings

I am the breeze that glides with a smile
on the dewdrops that bathe
rose petals,
rustles playfully among white peonies,
and wildflowers.
I untangled my hair in the breeze
which penetrates the chestnut foliage,
in the trembling leaves of love,
endless ethereal caressing
in a raw green vegetable maze
which reminds me of our kiss,
of your white, long hands,
lingering on the piano keys.
Musical notes, high-frequency sounds
the vowels: o,
the magic, l, of love,
opening a portal
to all galaxies
and bright butterflies
take me to unspoken poems,
of my heart.

I dance in the alleys in the scent of flowering lime trees
sprinkling petals
over children's chalk drawings,
innocent angel wings.

Cântec

Mi-ai dat în dar ce n-aş fi îndrăznit
să-ţi cer, să-ţi spun.
ai auzit o dorinţă tainică
pe care Sufletul meu
ţi-a mărturisit-o
în liniştea desăvârşită
a inimii,
o dorinţă şoptită într-un cântec
care reverbera
în tot ceea ce Sunt.

Tu - cel care desluseşti
cântecul
cuvintelor nerostite,
Tu - cel care simţi emoţia
incandescentă a cuvintelor
de dragoste
topite în infinitul inimii mele,
Tu - Cel care eşti însăşi Iubirea
Tu....
M-ai luat prin surprindere
cu prospeţimea acestei primăveri.
Ţi-ai aşternut mâna,

cu mărinimie
binecuvântând această iubire
care a renascut ca o pasăre Phoenix
într-o vară târzie.

- Mulţumesc. Ţi-o dăruiesc.
Mă abandonez întru totul
voinţei Tale divine !
Doamne, inspiră-mă să creez,
să dau o cale,
un curs potrivit acestei iubiri
care s-a revărsat
dincolo de malurile fiinţei mele,
ca un fluviu
ce nu-şi mai regăseşte matca!

Song

You gave me a gift I wouldn't have dared
to ask you to tell you about it.
you heard a mysterious wish
which my Soul
confessed it to you
in perfect peace
of the heart,
a desire whispered in a song
which reverberated
in everything I am.

You - the one who discerns
the song
of unspoken words,
You - the one who feels the incandescent emotion
of love words
melted in the infinity of my heart.
You - The One who is love itself,
You.
You took me by surprise
with the freshness of this spring,

You stretched out your hand,
generously
blessing this love
that was reborn as a phoenix
in the late summer.

- Thank you. I'm giving it to you.
I abandon myself entirely
to Your divine will!
God, inspire me to create,
to give way,
a suitable course for this love
that overflowed
beyond the shores of my being,
like a river
that cannot find its bed!

***

Dansuri Subtile

***

Subtle Dances

Mai presus de Cuvinte

Iubitule,
n-ar trebui să te temi
de poemele mele.
sunt doar versuri naive, simple,
o manifestare a dragostei
ce vrea să aline,
din preaplinul ce i-a fost dăruit,
mai presus de cuvinte.

Nu-ți cer nimic,
sunt necuprinsul
sunt doar eterul, vântul
focul.

Nu-ti cer nimic,
nu mă respinge
căci poate-ți sunt
norocul.

Beyond Words

My love,
you should not be afraid
of my poems.
They are just naive, simple lyrics
a manifestation of love
that want to soothe
from the overflow given to him,
beyond words.

I am not asking you for anything,
I am incomprehensible
I am just the ether, the wind
the fire.

I am not asking you for anything,
and do not turn me away,
for maybe I am
your luck.

Între Cer şi Pământ

Trăiam într-un defazaj dureros
eram când cu capul în nori,
când cu capul în jos,
când în trecut
când în prezent,
când cu fiori
călcând drumul
iubirii spinos.

aveam doar nerostite cuvinte –
voiam să nu uităm
de cele sfinte.

eram săraci amândoi,
n-aveam decât file,
doar cărţi
răvăşite de vânt,
doar sufletele noastre
care se iubeau
între cer şi pământ.

Between Heaven and Earth

I was living in a painful phase shift
I was with my head in the clouds
when upside down,
when in the past
when at present
when with shivers
walking the thorny road
of love.

We just had unspoken words -
I wanted not to forget
of the holy ones.

We were both poor
we only had tabs,
just books
ravaged by the wind
only our souls
which loved each other
between heaven and earth.

Poem de Dragoste

Ce poate fi mai presus decât iubirea,
ce poate fi mai mult decât
sinceritatea unui **te iubesc**…
cuvinte frumoase, metafore, rime
în care să ne-ascundem anotimpurile?

Poate ne va învălui tăcerea, iubitule,
imponderabilitatea, o aparentă uitare
sau poate moartea ne va privi în faţă,
ne va îmbrăţişa secundele
ca o mamă dispusă să şteargă totul
cu buretele uitării
şi să ne treacă blând în altă viaţă,
dar iubirea ne va veghea mereu.
Iubirea va exista dincolo de vălurile uitării.

Love Poem

What can be above love,
what can be more than
the sincerity of the I love you,
beautiful words metaphors, rhymes
in which to hide our seasons?

Maybe silence will envelop us, my love,
weightlessness, an apparent forgetfulness
or maybe death will look us in the face,
it will hug us for seconds
like a mother willing to erase everything
with the sponge of oblivion
and pass us gently into another life,
but love will always watch over us,
love will exist beyond the veils of forgetfulness.

Dans fără Nume

Obişnuiam să dansăm
un dans fără nume,
un dans subtil
pe care-l învăţasem
atunci când viaţa ne plămădise
pe amândoi
în lumina începutului,
în unica şi măreaţa secundă
a creaţiei.

Uneori dansam un vals
ce ne ridica uşor
deasupra pământului,
uneori un tango plin de pasiune
un du-te – vino
neliniştit al emoţiilor,
uneori o rumba exotică,
alteori un blues romantic,
-alteori o provocare,
un dans acrobatic, riscant,
înfrigurata căutare
a unui punct de sprijin
înainte de a plonja
într-un nedefinit neant.

Nameless Dance

We used to dance
a nameless dance
a subtle dance
which we had learned
when life had shaped
both of us
in the light of the beginning
in the only and great second
of creation.
Sometimes we danced a waltz
which lifts us slightly
above the ground,
sometimes a tango full of passion
a restless two ways
of emotions,
sometimes an exotic rumba,
sometimes a romantic blues
-sometimes a challenge
an acrobatic risky dance,
chilled search
of a fulcrum
before diving
in an indefinite nothingness.

Tristeţe

Îţi simt tristeţea planând în mine
ca o frunză purtată de vânt
-sau poate-i doar toamna
ce răsare dureros
în cuvânt.

Îţi simt tristeţea plutind
ca o pasăre rătăcită,
ca o pasăre cu aripi absente
urcând spre razele de soare
pierdute-n ceţurile toamnei incerte.

Îţi simt tristeţea
în acest anotimp ca de plumb,
în ploaia rece
ce cade inocent, tăcut,
pe caldarâm.

Sadness

I feel your sadness hovering inside me
like a leaf carried by the wind
-or maybe it is just autumn
that rises painfully
in the word.

I feel your sadness floating
like a stray bird
like a bird with absent wings
rising to the lost sun rays
in the mists of uncertain autumn.

I feel your sadness
in this lead-like season,
in the cold rain
what falls innocent, silent,
on the pavement.

Zece Minute

Când te-am revăzut,
ți-ai îndepărtat
pletele invizibile
cu acelaş gest scurt
plin de grație,
rămas încremenit
pe retina mea
din altă viață…

Zece minute
ne-a învăluit
vântul iubirii
răvăşindu-ne,
în tine-ucigând cuvintele,
în mine, înviindu-le.

Ten Minutes

When I saw you again,
You've moved away
the invisible locks
with the same short dainty
gesture
frozen
on my retina
from another life.

Ten minutes
the wind of love
enveloped us
ransacking us
killing the words in you,
reviving them in me.

Comuniune

Eşti cu mine
dintotdeauna...
liniştea-mi spune
să nu doresc
ceea ce este
deja prezent
în mine…
din suflet
să-mi înlătur
teama.
Cu inocenţă
să cred,
să mă abandonez,
să mă eliberez
cu bucurie
în această
simplă si fierbinte
alchimie.

Communion

You are always
with me.
Peace tells me
not to want
what it is
already present
in me,
to remove
the fear
from my soul.
to believe,
to give up
with innocence.
To free me
with pleasure
in that
simple and hot
alchemy.

Oglinda

Ai apărut în acelaşi anotimp auriu
pierdut intr-un vis de demult,
să sprijini oglinda tăcerilor tale
zugrăvite-n albastru cuvânt,
de tâmpla mea transparentă…

Mi-am pus buzele inocentă,
pe oglinda albastră, transparentă,
pe tăcerile tale infinite,
pe cuvintele de dragoste nerostite.

Mi-am pus tăcerile inconştientă,
pe luciul tău, oglindă transparentă
am pus zborul lor în spirală,
căzut în fiinţa mea diafană.

The Mirror

You appeared in the same golden season
lost in a long-ago dream
to support the mirror of your painting
silences
in blue word,
of my transparent temple.

Innocent, I put my lips
on the blue, transparent mirror,
on your infinite silences,
on unspoken love words.

Unconscious, I put my silences,
on your lustre, transparent mirror
I put their flight,
fallen into my transparent being
in spirals.

Inima Eternității

Ne luminează același soare,
privim fiecare
aceeași lună, aceleași stele.
ajunge în sufletul tău
aceeași adiere de vânt
ce-mi mângâie acum
pletele rebele…

Suntem prezenți
de-o veșnicie
în clipa unică,
nesfârșită
a eternității…

Nu simți eternul **acum,**
nu simți iubirea
fără limite, fără timp,
nu auzi bătând
inima eternității
Suflete al meu?

The Heart of Eternity

The same sun shines on us
we look at
the same moon, the same stars
the same wind
what caresses now
my rebellious hair,
reaches your soul.

We are present
for an eternity
in a single endless
moment,
of eternity.

Do you not feel the eternal now,
you don't feel love
without limits, without time?
Do you not hear the knock
of eternity heart,
my soul?

Mi-e Dor

Mi-e dor de-acel adânc de conştiinţă,
pe care prezenţa ta îl revarsă in mine,
acea dulce, mângâietoare linişte.
Mi-e dor de compasiunea
care se revarsă din tine
ca o ploaie de raze...
de iubirea şi binecuvântarea ta
ca o maree de foc.
Mi-e dor de lumina profundă
a ochilor tăi
alintându-mi sufletul, privindu-mă
din uşa deschisă din tine spre mine însumi
sublim iubindu-mă,
aşteptându-mă în acel loc unic,
în acel prag luminat
cu-atata dor în fiinţa ta divină,
cu braţele deschise.

I Miss

I miss that depth of consciousness
which your presence pours into me
that sweet, comforting peace.
I miss compassion
which flows from you
like a rain of rays
of your love and blessing
like a tide of fire.
I miss the deep light
of your eyes
caressing my soul, looking at me
from the open door from you to myself
sublime loving me,
waiting for me in that unique place,
in that lighted threshold
with so much longing in your divine being,
with open arms.

Dar

Mi-ai dat în dar
ce n-aş fi indrăznit
să-ţi cer, să-ţi spun.
Poate doar sufletul meu ţi-a cerut
fără cuvinte, în felul său unic,
iar tu, mi-ai dat cu dărnicie,
m-ai luat prin surprindere
cu-această primăvară.
Ţi-ai aşternut mâna
– poate, cu o luminoasă gelozie.
ai dat binecuvântare
acestei iubiri ce-a renăscut
ca o pasăre Phoenix,
într-o vară târzie.

Iată, ţi-o închin, ţi-o aştern
cu grijă la picioare.
fă cum crezi, fă ce crezi
că e mai bine.
dă o cale, un curs
acestei iubiri care s-a revărsat
dincolo de malurile fiinţei mele
ca un fluviu,
ce nu-şi mai regăseşte matca.

Gift

You gave me a gift
what I would not have dared
to ask you, to tell you.
maybe only my soul asked you to
without words, in its unique way
and you generously gave it to me
You took me by surprise
with this spring
you spread your hand
- maybe, with a fit of bright jealousy.
you gave a blessing
to this reborn love
like a Phoenix,
in the late summer.

"Look, I worship, I lay it down for you."
carefully at the feet,
do as you think, do what you think
that it is better
give a path, a course
to this love that poured out
beyond the shores of my being
like a river,
that can not find its bed.

Iubeşte-mă...

Iubeşte-mă, lasă-mă să plec
dincolo de dorinţele tale şi ale mele
înmănunchiate în această
tristă spirală de ADN
în care ne rotim enigmatici
plini de ierburi amare şi ropote
de cai sălbatici.

Iubeşte-mă, lasă-mă să plec
dincolo de linia orizontului tău şi al meu
dincolo de consoane şi vocale,
dincolo de tristeţea acestor
note muzicale.

Iubeşte-mă, lasă-mă să plec
dincolo de acest colaj
de imagini şi amintiri, un răstimp
dincolo de gânduri si sentimente
esenţiale şi inutile,
în acelaşi timp.

Iubeşte-mă, nu mă reţine,
redă-mi partea aceea de Suflet,
partea aceea din mine
pe care-o păstrezi în taină
şi cu naivă inconştienţă în tezaur,
prizoniera inimii tale

cu gratii de aur,

iubeşte-mă.

Love Me...

Love me, let me go
beyond your wishes and mine
clustered in this
sad spiral of DNA
in which we turn enigmatic
full of bitter herbs and trampings
of wild horses.

Love me, let me go
beyond the line of your horizon and mine
beyond consonants and vowels,
beyond the sadness of these
musical notes.

Love me, let me go
beyond this collage
of images and memories, a time,
beyond thoughts and essential and unnecessary
feelings,
at the same time.

Love me, don't hold me back,
give me back that part of the Soul,
that part of me
which you keep secret
and with naive unconsciousness in the treasury.
I am a prisoner of your heart

with golden bars,
love me.

Eşti

Eşti curcubeul divin
ce sufletu-mi străbate,
eşti prezent
în mine,
simt pacea
şi-a ta imensitate…

eşti fericirea,
eşti durerea mea,
eşti lacrima,
eşti visul,
eşti naşterea
şi moartea mea.

You Are

You are the divine rainbow
what runs through my soul
you are present
in me
I feel peace
and your immensity.

You are happiness
you are my pain
you are the tear
you are the dream
you are the birth
and my death.

Mână în Mână

Mergeam mână în mâna cuvântului,
vocalele ne alintau degetele
asemeni vântului.

Mergeam mână în mâna cuvântului,
vocalele ne alintau pletele
asemeni vântului.

Mergeam mână în mâna cuvântului,
vântul ne răsfoia filele
în lumina cuvântului.

Hand in Hand

We went hand in hand with the word
the vowels caressed our fingers
like the wind.

We walked hand in hand with the word
the vowels caressed our locks
like the wind.

We walked hand in hand with the word
the wind was flipping our sheets
in the light of the word.

Simplu

Iubitule, ziua te voi păstra în pieptul meu,
iar seara îţi voi lua pulsul sufletului
să văd cât de aproape eşti de stele…
Apoi, apoi voi deşira secundele tale
încadrându-le între aripi de fluture,
între bătăile şi sincopele inimii mele
din care iubirea va cânta tulburător
ca dintr-o alăută măiastră.

Simple

My love, I'll keep you in my chest during the day
and in the evening I will take the pulse of your soul
to see how close you are to the stars,
then, I'll waste your seconds
framing them between butterfly wings
between the beating and the syncope of my heart
from which love will sing disturbingly
like from the masterly harp.

Prezenţa Ta

Îţi simt prezenţa în aerul pe care-l respir...

Tu,
tu, eşti asemeni oxigenului
în care se revarsă
binecuvântarea vieţii
pe care Dumnezeu a dăruit-o.

Îţi simt prezenţa în razele de soare
- ce fericire să fiu impregnată
de căldura Dragostei Tale
venită de dincolo de spaţiu şi timp,
în spaţiul sacru al inimii mele,
care se aprinde strălucind,.
binecuvântând
soarele Iubirii noastre.

Zboară porumbei albi pe cerul senin,
zboară
împreună cu gândurile mele de iubire,
care înconjoară Pământul
şi urcă tot mai sus,
spre stele.
Se îndreaptă
spre tine Suflet înaripat,
spre tine Sine Divin,
Spre tine Îngere.
Suntem Unul dintotdeauna,

Dincolo de orice limită,
Doamne, cât de mult Te iubesc !

Your Presence

I feel your presence in the air I breathe.

You,
you are like oxygen
in which
the blessing of life
given by God
flows.

I feel your presence in the sun,
- what happiness to be
infused by the warmth of Your Love
coming from beyond space and time
in the sacred space of my heart
which lights up shining
blessing
the sun of our Love.

White doves fly in the clear sky,
fly
along with my love thoughts
that surround the Earth
and climb higher and higher,
to the stars.

They head
to you winged soul,
to you the Divine Self,

To you, Angel.
We have always been one,
Beyond any limit.
***

Despre Autor

Daniela Topîrcean, absolventă a Universității Lucian Blaga din Sibiu, licențiată în inginerie, a devenit membră a Societății Scriitorilor Români în ianuarie 2023.

Pasionată de poezie încă de pe băncile liceului și ale facultății, a publicat o parte din poemele sale în primul volum de versuri "Ferestre-poeme de iubire", volum ce a văzut lumina tiparului în martie 2021, la editura Letras, fiind urmat de varianta lui în limba engleză "Windows open to Love". În luna noiembrie 2023, a publicat volumul "Aripi de Phoenix", la editura PIM, editură ce a publicat și volumul de haiku "Anemone de Opal", în martie 2024. În aprilie 2024 a publicat volumul "Petale - Poeme Kaiku I - în trei limbi, pe platforma Amazon.

În anul 2020, a devenit colaborator al platformei spaniole Masticadores publicându-și creația atât în limba română cât și în limba engleză, pe două dintre blogurile platformei: MasticadoresRomania și GobblersMasticadores.

Începând din anul 2022, a devenit colaborator la revistele "Luceafărul din Vale", "Inimă de român", "Revista vitrina cu poezii", "Amprentele sufletului", "Cervantes Internațional" și "Steaua Dobrogei".

Din luna octombrie 2022 a început să publice poeme haiku pe platforme social media, în diverse grupuri literare românești și internaționale. Aprecierea poemelor este reflectată de premiile primite pentru unele dintre ele, de publicarea lor în reviste și publicații de gen și de traducerea lor în limba japoneză. Din 2023 este prezentă cu poeme haiku în suplimentul revistei "Surâsul Bucovinei" și în revista "72 de Anotimpuri".

A devenit colaboratoare a unor antologii literare după cum urmează:

• În anul 2022: "Insomnii stelare" (Vol.2), editura PIM; "Pe urmele lui Goga - Antologie", editura InfoRapArt; "Zâmbet" şi "Lacrimă", editura Artpress Timişoara; "Îmbrățisări stelare" (Vol.2), editura PIM; "Pe urmele lui Goga - Tradiții şi obiceiuri româneşti", editura InfoRapArt;

• În anul 2023: "Lumină din Lumină" Antologie de paşti, editura Cervantes; "Mirajul iubirii… Misterul trădării…" (Vol. IV), editura PIM; "Parfumul clipei - Antologie literară XX", editura PIM; "Pe bolta verii stele literare" (Vol. 3), editura PIM; "Tărâmul frunzelor călătoare", Haiku anthology ediția a-II-a, editura Cervantes; "Columna Iubirilor Eterne", editura LUCVAL& KEN; "Răvaşe în sticluțe pe frunze arămii" (vol. V), editura PIM; "Prin verile aurii - Mozaic literar", editura PIM;

• În anul 2024: "Din dor de Eminescu" ediția a 4-a, editura Cervantes; "Columna iubirilor eterne", editura LUCVAL&KEN.

În prezent, autoarea are deja în lucru alte proiecte literare.

***

About The Author

Daniela Topîrcean, a graduate of Lucian Blaga University in Sibiu, with Bachelor degree in engineering, became a member of the Society of Romanian Writers in January 2023.

Passionate about poetry since high school and college, she published part of her poems in her first volume of poems, "Ferestre - poeme de iubire", a volume that saw the light in March 2021, at the Letras Publishing House, followed by its English version "Windows open to Love". In November 2023, she published the volume "Aripi de Phoenix" at the PIM Publishing House, which also published the haiku volume "Anemone de Opal" in March 2024. In April 2024 she published trilingual volume "Petals - Haiku Poems I" on Amazon.

From 2020, she became a collaborator of the Spanish platform Masticadores, publishing her creation both in Romanian and in English, on two of the platform's blogs: MasticadoresRomania and GoblersMasticadores.

Starting from the year 2022, she became a collaborator of the magazines "Luceafărul din Vale", "Inimă de român", "Revista vitrina cu poezii", "Amprentele sufletului", "Cervantes International" and "Steaua Dobrogei".

From October 2022, she started publishing haiku poems on social media platforms, in various Romanian and international literary groups. The appreciation of the poems is reflected by the awards received for some of them, their publication in magazines and genre publications, and their translation into Japanese. Since 2023, she is present with haiku poems in the supplement of the magazine "Surâsul Bucovinei" and in the magazine "72 de Anotimpuri".

She also became a collaborator of some literary anthologies, as follows:

• In 2022: "Insomnii stelare" (Vol.2), PIM Publishing House; "Pe urmele lui Goga - Antologie", InfoRapArt Publishing House; "Zâmbet" şi "Lacrimă", Artpress Timisoara Publishing House; "Îmbrăţisări stelare" (Vol.2), PIM Publishing House; "Pe urmele lui Goga - Tradiţii şi obiceiuri româneşti", InfoRapArt Publishing House;

• In 2023: "Lumină din Lumină" Antologie de paşti, Cervantes Publishing House; "Mirajul iubirii… Misterul trădării…" (Vol. IV), PIM Publishing House; "Parfumul clipei - Antologie literară XX", PIM Publishing House; "Pe bolta verii stele literare" (Vol. 3), PIM Publishing House; "Tărâmul frunzelor călătoare", Haiku anthology ediţia a-II-a, Cervantes Publishing House; "Columna Iubirilor Eterne", LUCVAL& KEN Publishing House; "Răvaşe în sticluţe pe frunze arămii" (vol. V), PIM Publishing House; "Prin verile aurii - Mozaic literar," PIM Publishing House;

• In 2024: "Din dor de Eminescu" ediţia a 4-a, Cervantes Publishing House; "Columna iubirilor eterne", LUCVAL&KEN Publishing House.

• The author is already working on other literary projects.

***